歌集

琉球弧

今野英山

砂子屋書房

*目次

2014年

2015年

2016年

装本・倉本　修
扉絵・火野葦平

歌集　琉球弧

2014年

転機

沖縄赴任の内示に庭木を剪りつめる苗より育てし母思ひつつ

居心地のよさに留《とど》める吾もゐるまた漕ぎ出でよと言ふ吾もゐる

人生の秋楽しまむと思ひしにまだまだ熱く働けといふ

退職後の生き方それぞれ語る中やはりこいつは何か怪しい

なじみたる五坪の畑に残り菜の黄花咲きたり移る日近し

育てこし玉葱の苗まだ細し捨ててゆかねばならぬ畑に

継続を諦めし畑にブロッコリーの未練の黄の花乱れ咲きゐる

情報収集

そびえ立つ那覇の市庁舎ものものし収入失業ワーストなるも

熱帯蘭の展示は地元の小学生こんなにいるのかマニアの予備軍

今帰仁《ナキジン》の丘に緑の屋根ありて朱塗りの回廊を子ら駆け抜ける

過疎の地に野菜工場いかめしく沖縄振興予算の付きて

ＬＥＤより蛍光灯の味を推す野菜工場の若き社長は

雪の山

雪原の丘に真白き山梨の光《かげ》をめざしてスキー駆りゆく

霧深き丘の上より滑走すかすかに浮かぶ地形頼りに

南国へ移らむ吾か雪のみに包まるる世界の今日は眩しく

雪の夜を惜しみて小屋に飲むワインしばらく会へぬ山の友らと

アイゼンの乾ける音の混じりつつ風の強まる尾根道たどる

しばらくは雪の富士山見納めか頂見えねど飽かずたたずむ

この山も富士信仰の山ならむ「念力教会登山道」の擦れたる文字

梅雨明けて

移住してまづ訪《おとな》ひしはこの鮨屋妻の好みのストーンズ流る

爬竜《ハーリー》競漕の銅鑼《どら》の音鳴れば梅雨明けと聞くもいまだに雨の日つづく

梅雨明けて三十三度の日の続く湿度百パーセント生臭き風

蒸し暑き梅雨あけの朝窓ごしに囁きかくるは南国の鳥

陸奥《みちのく》の青深き海に慣れしわれ南の海の明るさまぶし

手荒な歓迎

疎らなる記憶は救急隊と妻の声ストレッチャーに意識もどれば

熱中症の洗礼受けて楽園はわれの元より逃げゆく思ひ

初出勤の日に退院できぬ情けなさ「なんくるないさ」と言ひきかせつつ

熱中症につづいて大型台風の手荒な歓迎めんそーれ沖縄《ウチナー》

マンションを襲ひし風はうなりあげ蠟燭ともしし会話かき消す

恐るおそる嵐の街に見る景色遠くも近きも白き奔流

建築の設計基準を超える風見てはいけないものを見し吾

計画停電

蠟燭の夕餉となりて原発の爆ぜしかの日々思ひおこせり

停電の長びく夜のつれづれに移住の選択悔いしたまゆら

大雨の特別警報つづく中つかのま明かりて蟬鳴き初めぬ

植物の仕事は自然が相手です挨拶がはりの酷暑と台風

夏の祭

この夏の暑さは中途半端じゃない港を揺るがすロックの調べ

日の落ちて海風やうやく馴染みくる沖縄生活これより開始

旧盆の十五夜の月は山の辺の辻を照らしてエイサー始まる

京太郎《チョンダラー》の白き化粧の道化顔月夜の踊りの列へ誘《いざな》ふ

三線と太鼓にあはせて「かりゆしかりゆし」赤い襷《たすき》の少女は踊る

飛び入りのお爺《ぢい》の踊りの手の動き神は細部に宿りたまひぬ

爬竜競漕《ハーリー》の準決勝に競へるは吾搬送されし病院のクルー

露はな敵意

人のうらやむ南国勤務は幻かコストカットにあへぐ日常

マンゴーにドラゴンフルーツ日々食みぬ熱帯植物管理の余禄

是が非でもと請はれたるはずのこの会社何しに来たと露はな敵意

この会社では役不足でせうと皮肉られ現場知らぬと嫌味を言はる

経営者の指示のみに終はる幹部会驢馬の耳見て皆口つむぐ

「四年先のことなど言うな日々銭を稼ぐが仕事」と真顔でのたまふ

事故の子を気づかふ同僚みなが皆その子を家族のごとく呼びゐて

「腰掛」と見られゐるらむ率直に声かけくるはパートの女性

椰子の木の真上に月の昇るころ宴の戦線ひとり離脱す

名護湾

夕暮れてつぎつぎ出でくる小さき猫餌ねだるなく自由きままに

蝙蝠《かうもり》の先だちて飛ぶ浜の道彼方楽土《ニライカナイ》に誘《いざな》はるるか

朝夕の微熱つづきて二月《ふたつき》かふと湧く不安を打払ひつつ

沖縄の人の心の奥底にわれを疎める思ひあらずや

名護湾を囲む山々たそがれて異郷の波の静まりてゆく

豊年祭

武器もてぬ庶民自衛の棒術か打ち合ひて始まる豊年祭

摺り足に近づき刃《やいば》の下くぐりひらりと飛びて棒打ちおろす

風止めばまだ蒸し暑き夜の更けていよいよ人の増えくる祭

月あらば泡盛さらにすすまむか台風近づく八重山節《トゥバラーマ》の宴《うたげ》

「月見れば変はらぬ光」と言葉つぐ媼《をうな》は誰を恋ひて唄ふや

三線に合はせて男女は唄ひ合ふ二見《フタミ》情話の辺野古《ヘノコ》のくだり

人頭税の過酷さ今に伝はりぬ宮古のお囃子《はやし》ほがらなれども

月の宴

芭蕉葉を野外の卓にしきならべ月の宴の準備はじまる

月桃《ゲッタウ》の蚊遣りをたきて炭熾《おこ》し宇茂佐《ウムサ》の森を照らす月待つ

月桃の葉に包まれし大角豆《ささげ》餅月待つ庭にかすかに香る

君醸《かも》しし醪《ムルン》を古酒《クース》に併せつつ月の宴は深夜をまたぐ

尖閣の島にて小舟《サバニ》に漁《すなど》りしと君は鳩間の祖父なつかしむ

月照れば三線弾きつつ吟じたる故郷鳩間のトゥバラーマ節

ベトナムに君の求めし弦楽器こよひ琉歌を載せむと手にす

故郷の月は海面《うなも》を照らすらむ老い母と吟ずる君のトゥバラーマ

大綱引き

山原《ヤンバル》の小さき漁村に三百年弁慶牛若闘ふ祭

貫抜棒《カヌチ》入れ男綱《をづな》女綱《めづな》を引きあひて大綱引きに町分れたり

体液はこの地の水に替はりゆく酸つぱく甘い棘蕃茘枝《トゲバンレイシ》

南国の木々の葉むしりて野分去り暑さも迷ひも失せてゆきたり

台風の名残りの海の青白き波濤に向かひ風にも向かふ

名護城《ナングスク》

原生に戻りゆく道たどり三山割拠の城址《しろあと》に立つ

植物園の跡をとどめて高々と名残りの椰子の聳え立ちたり

浅黄の海みおろす城《グスク》の鎮まれり血を流し権力を争ひし跡

片降《カタブイ》りの激しく降りて夏日照る今にこだはることなどやめよう

目の前の浅黄の海に仕合せと思はなければ罰《ばち》こそあたれ

ひと日終へ島辣韮《らっきょう》に島豆腐気分よきかな島麦酒《オリオン》を飲む

甥の死

その洟《はな》をなめてもいいと言ひし母惚けて孫の死知らぬはあはれ

孫の死を母知るなかれ二人して写りし一葉ホームに飾る

襁褓《むつき》まで替へしことある末弟のその子死にたり声をかけえず

なせることありしと思ひ苛めど最はや遅かり命もどらず

もどすこと叶はぬ時の非情さよ伸べる手なかりしか甥の自裁に

わが息子の失踪せし時の悲しみの幾十倍なるか別れの言葉

最後まで何のお返しもできなかつたと吾らに残しし甥の書き置き

二十三歳の天寿を全うしたはずと言葉えらびて括りし弟

末孫のやんちゃやを愛せし母は惚けその死をなげくこともなかりき

識名園

透きとほる涌井の底に子々孫々棲みし目高の宇宙を覗く

井の中に絶滅のがれし紅藻《あかも》生ふ尚泰王の無念鎮めて

砲撃に残りし亜熱帯植物は王苑おほひて森へ回帰す

大和には面従しつつ清国に朝貢したりき望みつなげて

尚王の裔《すゑ》は園生を手放して緑増やさむ事業始めき

桃原《トウバル》農園

首里石畳

戦乱と都市化に耐へて坂道にはりつき残る首里石畳

亀甲の石積み元に戻りたり崖石榴《イタビカヅラ》の鎧まとひて

焦土の地に残りし石の狭き路地「るるぶ」片手に人下りくる

石積の街をつくりし首里王朝永遠《とは》に変はらぬもの願ひけむ

豚飼ひし囲ひにのこる厠《かはや》あと沖縄もとより循環社会

中国の影をここにも留むるか石門くぐれば猪厠《フール》にいたる

ツールド沖縄

ごちやまぜの軽さが取り柄と合点するアメリカンヴィレッジ夜のにぎはひ

異国より来たりしものを磨きあぐ泡盛焼物《ヤチムン》タコライスまた

霜月の海に落ちゆく日は熱し陰に身をおきその時を待つ

異星人の色とりどりに集ひきて山原《ヤンバル》駆け抜くツールド沖縄

襲ひくる飛蝗《ひこう》のごとき自転車数千音なき世界のしばし続きて

小千鳥のなににせはしく歩きゐるひたすら広がる珊瑚の干潟に

パッションフルーツ

植物をゑがきし画家はこの島に果物時計草《パッションフルーツ》の圃場拓きぬ

パッションとは情熱なりやキリストの荊冠なりやこの酸い味は

請はれ来し沖縄の地に軋みつつ日々を過ぎゆく吾のパッション

颱風の来襲さらにはミバエの被害君の語りし受難の果物《パッションフルーツ》

台湾より紛《まが》ひの果汁出まはりて築きし信用たちまち落ちき

ＴＰＰ通らばふたたび海外の粗悪な果汁に潰《つひ》えむ悪夢

座して待つより打つて出よミンダナオ島に畑と工場つくりし君は

観光の農園ではなくサイエンスガーデンと言ひつつ君は何を企む

熱帯の花咲き果物たわわなりアンリ・ルソーの「夢」は続きて

睡蓮の点描のごとき彩りにモネの絵重ねし君かと思ふ

とりどりの花にくつろぐ君のカフェ　ボタニカルアートは蝶々の視点

潮入りのわづかな違ひにせめぎあふメヒルギ　オヒルギ　ヤエヤマヒルギ

平和ぼけもよいではないか浅黄色の珊瑚の海こそ必死に守れ

君作りしパッションフルーツの濃厚なる味は愛するこの島そのもの

睡蓮のとりどりに咲く池めぐり楽園づくりのプランがそそる

竹富島

六山《ムーヤマ》と村人崇めし御嶽《ウタキ》なれ照葉《てりは》の大木結界に立つ

御嶽への道に鳥居のはだかりて異質なる影真砂に落とす

集落に赤き丸型ポスト立つ昔のわれに届かぬものか

異形なるシーサー屋根にて睨みゐるわしらの家をむやみに覗くな

古きままに貧しさ残る集落の影を隠すかブーゲンビリアは

家々は大木に寄りて立ち並ぶ戦火はここに及ばざりけり

香り立つ蓬雑炊《フーチバージューシー》せつなけれ年どし母と摘みし草の香

西表《イリオモテ》島

下からは空の色にて身を隠し小魚狙ふはかの鶚《オスプレイ》

ガジュマルの根に呑まれゆく炭鉱の列柱より聞こゆ万骨の声

密林の暗きに埋もるる採炭場悲惨は時に委ねてよいのか

密林に消えゆく「近代化産業遺構」犠牲となりし人々のことも

波の音鳥の声すら心うつ海近き宿のテラスに寝《い》ねて

天地《あめつち》の匂ひかぎつつ寝ぬるとき榕樹《ガジュマル》に呑まれし遺跡がよぎる

風土病のなかりし楽土由布島に高潮襲ひて無となる日常

台風に潰えし島にとどまりて椰子植え花植え人ら生きつぐ

乙女座

墓と家と似通ひ入りくむ丘の上来む世と現のあまりに近く

選挙終へし師走の夜空の虚ろなり乙女座《アストライア》の天秤見えず

わが妻の「辞めてもいいんでしよ」のひと言に心は痛むさうできぬのだ

日中は何してゐるのか南国を楽しむ妻の笑顔が救ひ

山原《ヤンバル》の市場に島野菜あさる妻野菜ソムリエの資格とりたり

2015年

光文字

名護湾を巡る街の灯その上に「礼」の光の文字浮かびくる

新成人の若者たびたび帰省して文字灯す丘の草を刈りたり

寄るべなき思ひの時は楽土よりよせくる波をしばしながめる

荒磯に寄せくる波の静まりてままよ涙のわき出づるとも

海の色深くなりゆく沖縄に夏の光の生るる三月

赤煉瓦の煙突のみがありし日の精糖工場か砂糖黍《ウージ》の中に

平敷屋

直線を嫌ひて丸くをさめたる城《グスク》は琉球そのもののはず

勝連城二首

憎しみなど湧くはずもない海の色を見下ろす曲輪《くるわ》に悲惨な歴史

石垣の残りし城の址に立つ滅びて四百年海なほ青く

今帰仁城《ナキジン》

再入院

一年を悪霊より守らむ鬼餅《ムウチイ》日病《ビイ》の床にてその味知らず

職辞さば楽になるのかこの吾を頼る人らの顔浮かびくる

妻の手の暖かければ涙出づふたたび倒れて握る両の手

やるべきことまだまだ多きわが一生《ひとよ》病のままに終はるはずなし

沖縄の青き海面《うなも》の見えぬ部屋起き伏し六日なにをしに来た

一人でも「あがりましようね」と食べ始め「ごちそうさま」と五回いふ老い

あの部屋もこの部屋も老人ばかりなり不思議な景色のただ中にゐる

幾重にも寄せくる波はまだ荒し地震《なゐ》から四年われにも過ぎぬ

アグー豚

乳首《ちちくび》に子豚七匹吸ひつきて白と黒とが押し合ひへし合ふ

野生種のアグーの産む子はわづかなり天敵少なき島に生きぬく

街中のあの店この店アグーなり信じてないがついそそられる

ソーキそばスパムに揚げ物日々食らふ社員のおほかた3Lサイズ

豚足《チグマー》の塩漬け豚脚《ティビチ》の煮付け尻尾《ジュウ》も顔《チラガー》もなんでも喰らふ

闘山羊

味深き山羊汁《ヒージャー》の香《か》ただよひて奥山里の春はたけなは

山羊汁の青き匂を覚えつつ四十年はまたたく間《あひだ》

立ちあがり角ふりおろす山羊二頭ここには雄のかなしき本性

幼子に角触れさせし若山羊も血だらけとなりて角ぶつけあふ

公民館を見守り立てる「羊魂碑」勇気と感謝と懺悔の筆跡

闘山羊《ヒージャーオーラセ》の籤《くじ》一等は若き山羊辞することなく女《をみな》ひきゆく

久々の友と山羊汁つつきたりいいことばかりじゃないけど飲むか

その昔パンチ喰らひし山羊汁の思ひだすたび鼻梁がゆがむ

谷あひの照葉《てりは》の杜に隠《こも》りゐて農家息づく山羊など飼ひて

谷ごとに散りぼふ家も祭には集ひて飲みて笑ひて別る

山奥の雄の争ひ闘山羊黒い背広の議員が来るよ

山里の峡を下れば柑橘の香りただよふ花咲きそめて

平実檸檬《シークァーサー》の青きは刺身と仲がよく黄金《クガニ》となれば焼き魚の友

九年母《くねんぼ》の幻の実となりゆくか甘く濃い味わすれがたしも

琉球つばめ

還暦を過ぎたる友の歌手デビュー演歌の小節は人を恋はしむ

「走馬灯」の歌詞をみづからに重ねつつ友は歌ひぬ老人ホームに

旅をすることなど止めし琉球つばめ海の青さを背《せな》にまとひて

梔子《くちなし》は島言葉《シマクトゥバ》では風車《カジマヤー》をさなに還る長寿の形

美しき葉美しからざる葉落しつつ桃玉菜《クァディーサー》の若葉芽吹けり

戦火の記憶

伊江島に鉄砲百合の白き園いかに折りあふ戦火の記憶

白百合を見とめて登る城《グスク》の岩砲弾ゐぐりし跡にきづかず

珊瑚礁に闇夜の城岩《タッチュー》抜きいでて戦艦大和と見られし不運

仮そめの通行許す滑走路もともとここは沖縄人《ウチナーンチュ》の土地

逃げ場なき千人洞《ガマ》より見えし海今と変はらぬ青だつたはず

緋寒桜

赤土に育ちし大根赤きまま売られてゐたり街の市場に

占領下に稲作滅びし山里は砂糖黍《ウージ》ひと色あやふきばかりに

一面のトップは朝あさ辺野古《ヘノコ》なり隣国日本《ヤマト》の記事など見えぬ

太き幹の立ち並びたる蒲葵《ビロウ》の木したたかなるかな沖縄人《ウチナーンチュ》は

緋桜の曇りし空に咲きそろふ山原《ヤンバル》の冬解《ほど》けゆくとき

洋蘭博の終りてたちまち静かなる植物園となりゆく職場

万国津梁の島

この湾に嵐を避けしベトナム船万国津梁《しんりょう》の久米島ここは

手作りの泡盛の蔵訪ひゆきて黒麹の醸成つぶさに見たり

溶岩の流れし跡に白百合のあまねく咲きて夏は近づく

女岩《ミーフガー》の割れ目に吾はなに祈らむ若き女《をみな》は子宝祈る

宇江城《グスク》の城址に立てば目のかぎり生死《しやうじ》の見ゆる青き海原

はての浜に日なが寝ころび青々と怨憎後悔すひ込まれゆく

渡名喜《トナキ》島

路地路地に縦横列なす防風林家見えぬまで家守りたる

台風と重き屋根とに耐へし家軒支ふるは細き間柱

家囲む福木《フクギ》は百年二百年まだ見ぬ孫子を思ひて植ゑき

暴風をさける知恵にて大胆に敷地掘りさげ屋根低くせり

高波に津波にいつか潰えむと思はざりしか砂上の集落

庭先の草は苦菜に長命草つよき日のもと色濃くしげる

赤瓦の家に宿れば月明かり離れの厠に通ふも楽し

都会にて疲れし人かこの島を慣れぬ口調に吾を案内《あない》す

屏風《ヒンプン》に護らるる家の老い二人道ゆく吾らを見つめてゐたり

久米島の烽火《のろし》はここに引き継がれ首里へ送りき「唐船《トーセンドーイ》きたぞ」と

引継ぎ

ただ耐へて待つばかりのみの一年を季節移らぬ沖縄に過ぐ

要するに嫌はれてゐると割り切つて前任社長の辞める日を待つ

引き継ぎもお願ひしますもないままにワンマン社長の六年終はる

励ましと支への日々のありがたし妻との暮らしの他愛なけれど

意に添はぬ後継われに口きかず引き継ぎもせず駄駄つ子のごと

侮辱的言葉に紹介され一年を無視され続けたりこのわたくしは

この一年を支へくれしはひたすらに体制変はるを待ちし社員ら

無視といふパワハラわれの心身を苛みはじむ紙魚《しみ》のごとくに

耳欠けし猫

隠れゐし雲より出でし落日の輝きしばし山に入りゆく

大風の行きつく先に何もかも吹きだまる場所のあるかもしれぬ

暮れなづむテトラの上の黒き猫なじまぬ奴はどこにでもゐる

わが巡りの夏こそうれし赤光の海にあしたは鰹群れくる

海の色のやや濃くなりぬ沖合に砕ける波の白さ目立ちて

黒猫の耳に切りこむ印見よあはれ一代限りの命

いとほしきまなざし見せて耳欠けし子猫は逃げる阿檀《アダン》のしげみ

はからずも不妊手術をまぬがれし子猫一匹われにすり寄る

色のなき超高層の街のなか匂ふものなく猫すらゐない

小さき守宮

面皮《チラガー》のねっとり厚く噛み切れず沖縄に生きる覚悟のありや

山羊汁の臭み懐かしと沖縄人《ウチナーンチュ》灰汁と脂の味にこだはる

平実檸檬《シークァーサー》の花の香りに誘はれて谷ごとに住む人ら集まる

家も墓も遠目に区別のつきにくくましてや霊の宿るは見えず

街の灯を恋ふるでもなし山原《ヤンバル》の南蛮槐《ゴールデンシャワー》の花の宴に

月桃《ゲッタウ》の恥ぢらふやうな莟もち艶めける花月下に咲けり

苦瓜《ゴーヤー》も糸瓜《ナーベラー》冬瓜《スブィ》みな熱帯の故郷《ふるさと》忘れてこの地に暮らす

深紅なる三角仙人掌《ドラゴンフルーツ》の甘き味夜咲くといふ花見せてくれぬか

エイサーに合はせる幼なの足踏みとリズムをとれない吾の傍観

イカロスのごとく炙らるる夏の日々かかる傲慢持ちしか吾は

移り来て一年と少し薄色の小さき守宮《ヤールー》いつか住みつく

ゆうもどろの花

ターミナルに旅人見つつバス待てり吾は浮草この地の暮し

夕暮れの港に曲乗り繰り返すバイクの若者競ひあひつつ

立たされしオヒルギ坊主の終の果て沖縄育むマングローブは

日暮れまで原つぱに駆けし吾のごと子らは夕日の浜辺に遊ぶ

果物の熟れし香りの十年古酒《クース》　内地人《ナイチャー》などに解りやしないか

三角仙人掌《ドラゴンフルーツ》の夜中に花の開きたり吾近づけば閉ぢるその花

拝所《ウガンジュ》の暗き岩間の湿りたりいつの頃よりこの気はじまる

野良猫の餌に労せず増えつづく酷暑も嵐もへっちゃらなのさ

海に入る太陽《ティーダ》赤々と空を染め誰《た》が名づけしか「ゆうもどろの花」
泡盛銘柄

台風に福木《ふくぎ》はいよよ密となる時をください沖縄《ウチナー》のことは

掻回踊

なにもかも潰えし島におほらかな舞と踊りの型残りたり

沖縄の子らのまなこの奥ふかく刷り込まるるは琉舞の動き

夜更かしを咎めることなく連日の夏の祭りは深夜につづく

琉球の芝居に流るる民の声このまま敵《かたき》をとらずにをれるか

型競ふ空手の演武は音のなき舞踊そのもの摺り足に舞ふ

豊年祭

日の暮れて暑さやはらぐ新北風《ミーニシ》に人湧き出づる祭りの十月

隈取の京太郎《チョンダラー》はどうだと見得《みえ》を切りエイサー踊りの場を盛りあげる

照明に浮かぶは野外劇場のアリーナに降り立つ搔回踊《カチャーシー》の波

音曲巧者

大劇場を埋めむばかりの人がゐる伝統の踊りの絶ゆと思はず

田仕事のしぐさと祖先の供養とを男ら輪になりひた繰り返す

太鼓にて神に届けと打ち鳴らす何が届くか人はそれぞれ

おしゃべりも幼の声も聞こえくる「組踊り」のクライマックス沖縄らしく

人々の憂さを晴らすは仇討ちに勧善懲悪ところ替へても

武術をも舞踊にしたる沖縄の男はみんな音曲巧者

薙刀はここでは男の演目と足と柄《つか》にて床強く打つ

唐人の行列摸して鉦《かね》太鼓銅鑼《どら》に喇叭《らっぱ》にあこがれし衣装

元気改造論

曽祖父の著作のコピー届きたり吾に待たるる『元氣改造論』

漢文の序に始まる祖の著作いつ読まむかと脇に積みおく

民権雑誌『東北評論』発行し全国まはりし血は流るるか

若くして逝きにし甥の一周忌読経のまにまに曾祖母の影

立ちのぼる香の煙のくねりゐて同じ形の一時もなし

ざわざわと岩場に寄する引き潮の命の搏動止むことしらず

がんばれ沖縄

ガードレールも外灯もなき沖縄の歩道は歩けぬ茅も覆ひて

台風に必死に耐へむと根をのばす歩道も車道もおかまいなしだ

樹の陰に真夏の風の心地よしこんな沖縄歩いてみたい

「沖縄って……」日々のテレビに流れたる自虐広告がんばれ沖縄

通学の女子高生らの髪濡らし制服濡らして今日も雨降る

沖縄の並木は歩道に根を伸ばし人の歩かぬ風景そだつ

闘牛大会

雄たけびをあげて巨牛の入るを待つ戦《おのの》く声か気負ひの声か

けしかけるアイヤエイヤの勢子《せこ》の声角のからめば息こらしたり

大牛の脇腹はげしく波打てりからうじて保つ気力体力

鬼丸は勝ちて尻尾をふりたてて気負ひしままに場内歩む

負け多き牛は普通は鍋となる沖縄もとよりビーフイーター

阿里山茶

昼食は議論の場となり円卓に烏龍茶飲みつつ熱くなりゆく

台南蘭団地

蘭団地のオーナーいづれも億超える投資の度胸を持つ若者ら

砂糖黍の親の生業ひきつがず蘭に賭けたる若き集団

芋の葉にオオタニワタリに赤豆腐思ひもよらぬ素材の味はひ

阿里山《アリサン》茶を啜れば浮かぶ霧深き森の奥なる胡蝶蘭の赤

台北の花市まはらば一日かかる吾らもかつては花愛づる民

高速道の下は延々花市に既得権益ひっくり返して

花市にさらに玉市《たまいち》広がりぬ蘭も翡翠もこの国の顔

大陸と切れぬ縁あり街なかの空気の汚れに国境はない

台湾の悲哀

陳先生の語気険しかり蔣介石は侵略者にしてつひに好まず

大陸のマナーも文化もなじめぬと本省人のもらす本音は

日本語を話す世代の消えゆかむ見過ごせないぞ親日あやふし

この顔を見よと陳先生東南アジアにも琉球にもつながる海の血脈

台湾に蘭の業《なりはひ》うちたてし君ゆく先見えぬ砂糖黍を捨て

貧しきは夕べ胡弓を楽しむと陳先生の言葉かみしむ

国民党へのしこりは深く残りたり公社に勤めし先生なれば

蔣介石を憎む人らも認めたり美齢夫人のアメリカ遊説

土産にと得たる切手は宋美齢の描きし四幅の山水墨画

中国人を四二六《シーアラア》＊と陰に呼ぶ台湾の心の闇深きまま

外省人本省人に皇民派みな絡みつつ台湾がある

＊死阿陸と同音

嘉義農林

阿里山の檜に栄えし嘉義《かぎ》の町木造の建物くすみて残る

古色濃き日本家屋を集めたり檜の町のテーマパークは

首里城の太き柱にこの山の檜の木霊《こだま》の移りきたりし

檜意森活村

阿里山の千年檜は支へたり今も変らず島弧の社寺を

統治下の林業担ひし嘉義農林本土を見返す球児の伝説

映画KANO

奪はるること多かりし台湾に甲子園球児のとり戻ししもの

呉投手は妻の叔父だと友言ひぬ一衣帯水台湾沖縄

茶を飲みて休み休みの台湾人ひとの話をよく聴く習ひ

2016年

成人式

銭ヶ森《ジンガムイ》の夕闇せまりて浮びたる「支《ささへ》」の文字を灯す若者

草刈りに寄付金集めに走りたる若きをいつか支へむこの文字

警官の前にここぞと煙吐く大人になれない二十歳《はたち》の門出

サングラスにマスクが彼らの定番か同じ匂ひの集まる会場

成人の日の居酒屋車に溢れたり酒飲ませるが門出とばかりに

雪降るうはさ

雨風のしげき高みに登りたり初めて雪降るうはさ信じて

雨まじる城《グスク》の山に紅《くれなゐ》の桜咲きそむ今日は大寒

沖縄の草々多くは食べられる豊かな島に飢《かつ》ゑし記憶

緋色なる桜の丘より見下ろせり一年前は病室だつた

深緑に紅葉《もみ》づる櫨と緋桜とここ山原《ヤンバル》の山粧ふとき

あふれ咲く歩道の刺草《さしぐさ》嫌はるる染めに餓《かつ》えに役には立てど

栴檀草

雪降らぬ南の島に吹雪花あこがれの白やはらにゆれる

向日葵の高さそろひし花畑すくと立つ一本なきは寂しも

集落の尽きたるところ石大き屏風《ヒンプン》残りて栄華茫茫

石庭に雨ふりつづく屋敷跡七十年前のまぼろしを見つ

宮古島

山のない島広々と甘蔗《きび》の畑《はた》いづこも今は刈りいれの時

刈草の積み置かれたるこの歩道人歩くなど思ひもよるまい

この島に生れし者は頑固といふ確かに彼もその一人なり

珊瑚礁をみおろす長き橋の上歩みあゆみて青のうつろふ

あらはにも白き腹みせ横たはる鮫の末路の人ごとならず

鮫肉を人に配るは習ひなり旅の途中の「出会へ《イチャリ》ば兄弟《バチョーデー》」

アジア太平洋国際蘭展

蘭展の準備すすめる大ホール暑さと埃のつつむ密室

蘭展の名誉総裁はプリンセス準備の過酷さ知るよしもなく

展示する食品すべてがファストフード自然ゆたけき仏の国に

マレーシアの女性司会者乗りのよく一気一気とも聞こゆる乾杯

流れくる国歌に人みな立ち止まる不幸な歴史の日本ぢやできない

花多きバンコクはいま乾燥期ひび割れし黄土の畑ひろがる

運河にそひ黄の花垂るる両岸のゴールデンシャワーこそ楽土への道

高速の反対車線をつかひたりその場しのぎの渋滞緩和に
軍政になぜか規制はつきしもの経済停滞しようがしまいが

バンコクにて

これでもかと高速道路の大看板前方注意をうながせバンコク

水上の貧しき家々毀たれてコンクリート護岸のどこまでも続く

水際に高層住宅たちならび移るを拒むバラック見おろす

バンコクの運河の水の淀むままビルとハイウェイの影深くなる

東京のたどりし道を見る如し高速道と人工護岸に奪はれしもの

バンコクの地下鉄さらにモノレール僕のアジアはいづこへ消えた

タマリンドの大木に静もるバンコク変はらぬ街に息づくわれは

戦《たたかひ》に巻きこまれぬといふ贅沢さ歴代王の仏塔ならびて

歴代の王は来世を競ひたり金箔白亜と仏塔ならびて

米軍上陸の島

沖縄戦のさきがけなりし座間味《ザマミ》島ケラマツツジの赤々と咲く

ダイバーの行きかふ浜に敵上陸の日付記《しる》せり読む人もなく

ここもまた集団自決のありし跡逃げ場すらなき小さき島に

焦土となり何も残らぬ座間味島ケラマブルーはもの言はぬ色

いつの世も要害なりし高みより烽火思ひて遠き島見つ

珊瑚礁の島々おほかた血の記憶避けて通れぬ美《は》しき沖縄

碑《いしぶみ》に残る戦禍の文字かすむケラマブルーのかげもゆらぎて

唐船の風待ちの島美《は》しき海米軍ここに満を持したり

安産祈願

喜びも共に悩みしこともあり娘の身ごもるを異郷に見守る

楽しげに産後のことなど妻と娘《こ》の電話漏れくるわが部屋内に

娘より身ごもりし報せ届きたり昂りおさへて聞く夜想曲《ノクターン》

雨音の軽快なるかな命つなぐ思はぬ報せに聞く夜想曲

お祓ひに始まる戌の帯祝ひルーティン終はりてまづは安堵す

新装の水天宮に幟立ち老若男女の梅雨間に集ふ

一人欠け二人欠けては騒がしき五人家族の今は住まはず

いつの日にここへ帰らむ悩みつつ新芽のびたる茨剪りたり

かつを幟

知らぬ人知る人集ひて三百余人みなで寿ぐ沖縄流儀

披露宴

父母の舞ふ「かぎやで風《カジャディフウ》」に始まりて「搔回踊《カチャーシー》」に終る婚礼もまた

カルストを覆へる森の木々深し里山消えて百合も消えたり

ハンモックを木陰に並べて風に寝るしばし過ごさむ「亜熱帯茶屋」に

鉄砲百合の山を下れば渡久地《トクチ》の海に鰹幟のはためく五月

梅雨前の渡久地の港ざわめきて吾が食卓に初鰹あり

梅雨いまだ山原《ヤンバル》の地を訪れず真夏日の山に野牡丹さがす

うりずん*に霞みし森の伊集《イジュ》の花緑のキャンバス白き点描

*春の潤う季節

キャンプハンセン

地響きは少し間をおき伝ひきぬ基地の演習夜まで続く

名護岳をかるがる越える機銃音浜もわが家も射程の中だ

穏やかに思へる周《めぐ》りに戦後はつづく楽園などとは言へぬこの島

「この土人!」「お前の母ちゃんデベソ」ぢや済まないぞ本音漏らすは
幼児にも似て

土人といふ言葉流れて社員らのわれを見る眼の鈍きひかりよ

「Yes We Can」の歯切れの良さは見当らぬ広島まできて「追悼《remember》」などでは

頑張らない

頭重き日々に過ぎゆくストレスの澱む生業いつまで続く

失せしもの得しものそれぞれまた一年島山囲む名護浦あゆむ

虚しさの込みあげきたり権力に組みこまれゆく序章の宴

若くあらば抗ふべきか身にしみる言葉となりし「頑張らない」は

脱皮する蟬にひたすら見入りたる社員の童心吾をゆさぶる

暮れなづむ浜辺に三線つまびきていづこの里の島歌唄ふ

猫がゆきヤドカリがゆく浜の道そろそろ吾も家路につかむ

台風の近づく浜の風を受け沖縄の日常楽しんでゐる

目を瞑りわれに向かへば波の音人の声などまとはりつきぬ

生誕の地・陸奥

陸奥《みちのく》にまどかな「森」の並びたりわれは生れきこの故里に

沢奥のひらけし処に家を建て夜道も通ひき教師の祖父は

復員の父よ学舎にもどるなく曠野《あらの》を拓く決意固めしか

わが母をよく知る媼庭畑にこの日も変はらず夏の草引く

吾の名を知りゐし老いと荒草を分けつつ生家の跡に連れ立つ

峡の田に稲穂そよぎて広がれり祖父来し頃は原野なりしと

青年団を父と支へし長老の話聞きたり七十年目に

疎開先に古井戸残る亡き祖父の口癖いつも「まづ水を飲め」

穏やかな記憶の祖父には別の顔近寄れぬほどの厳しき教師

「算盤にがつんと殴られたこともある」手振りまじへて祖父語る人

祖母の里

仙台の穀倉平野はてもなし黒い津波は隈なく襲ひて

高層の谷間となりし復興住宅人影見えぬ五年の歳月

祖母の里を訪ねてみれば血脈の入り乱れたる小さき宿場

宿場町の商ひおほかた網羅せり系図はあたかもダーウィンの説

綿々と続くは酒屋途絶えしは時代に乗れぬ祖母の油屋

わが祖母のゆかりの酒は「鳳陽」か深き香りを今に味はふ

富谷宿

久米三十六姓

エイサーの仕舞はいつでも「唐船ドーイ」待ちわびし船の絶えて久しき

年ごとに鳳凰木の花盛る産地とまがふ気候となりて

空襲をはげしく受けし榕樹《ガジュマル》の気根無数にからみて残る

福州の庭園囲む白き壁久米《クメ》六百年に龍生きかへる

琉球の貿易担ひし久米三十六姓　戦火はひとしく焼き尽くしたり

中国へのやましさ反発嫌悪感かかへつつなほ見たい行きたい

辺境に客家《ハッカ》の巨大土楼群ヒトは偉大と思ひし記憶

白壁に意匠きそひし透かし窓遊び心の風が流るる

高殿より見下ろす久米村茫々たる緑地となりぬ瓦礫の上に

第二高女跡

海面《うなも》より亡霊の髪出でしごと榕樹は茂る女学校の地に

石垣のみ残りて広き学舎《まなびや》に命つなげる二本の榕樹

村井戸《ムラガー》の面《おもて》に水草はびこれり汲む人のなく湧き出づるまま

榕樹にオオタニワタリ着生し戦後の長き歳月《としつき》続く

学校と軍司令部と病院とここにありしをわづかに記《しる》す

九十六歳祝

風水の教へのままに榕樹《ガジュマル》の屏風《ヒンプン》となりてこの街まもる

名護ヒンプン榕樹

街中の丘を登れば墓に出で訳の解らぬ頭痛は続く

セルロイドの風車《カジマヤー》は塀に回りたり風にまかせて長寿住む家

九十六歳祝《カジマヤー》

この家も隣の家も風車《カジマヤー》長寿の家はみなつつましく

盗られるなど思ひもよらず道端のバナナパパイヤ鈴なりになる

道なのか人の敷地か幾重にも房実かさなるバナナの群立ち

市街地に取り残されし原生林ここにはもともと神しか栖めぬ

ハスノハギリ原生林

オイルの匂ひ

自転車に街ゆく輩は日に焼けてもうそれだけで変人あつかひ

自転車にためらひつつ乗る赤錆びの餌食となれる吾の愛車は

自転車に走る道などどこにある人も歩けぬ沖縄の道

空き缶を運びし男は自転車に選挙幟をたてて街ゆく

手に入れし僕の自転車は盗品だつたオイルの匂ひ今もたちくる

秋晴れにツールド沖縄駆けめぐる園児は三輪レースを駆ける

遅れつつカーブで挽回するつもり体傾けて園児加速す

足元のみ見つめる園児先の先見つめる園児幅寄せもする

いつまでも徳利《トックリ》木綿《キワタ》の花咲けりなにかが違ふ南国ここは

入道雲の今日も立ちたる空の下やうやく尾花のゆるる霜月

三角山登山

まだ青き平実檸檬《シークワーサー》をかじりつつ君の培ふ果樹園よぎる

平実檸檬の園林抜けて見上げたりいよいよ吾らが目指す尖頂

山羊飼ひてシークヮーサー植ゑて峡にすむおぢいとおばあのこの七十年

九十歳のおぢいは猫車《ねこ》を押しゆけりパンフレットに見しそのままの顔

縁側に声をかければおばあが二人茶湯をすすりて今日もゆんたく

山原《ヤンバル》の行く先々に開きたる光なき洞《ガマ》の戦ひの跡

榕樹《ガジュマル》の太き気根はこの洞に伝ひ降りよと導くごとし

山登る足の感触よみがへり束の間にして喘ぎに変はる

五歳児はわれを抜きさり石灰岩の尖れる岩山駆けあがりたり

山原の師走の空は透きとほり桜待たるる八重岳見放く

登りこし頂に見る山なみのあくまで青し冬至まぢかに

聖　夜

ベートーベンと同じ日と知り初孫の生れたる今宵は「月光」を聞く

クリスマスの妻はこの孫と過ごしたり留守なるわれは島酒に酔ふ

広場に道に流るるリズムはラテン系ここ南国の血を湧きたたす

巷にはラテン音楽響きゐて今年の憂さの流れゆく夜

中学校同級生らのカルテット家出の思ひ出バラードにして

フィナーレの「勝利の歌」はサンバのリズム思ひそれぞれ手は搔合《カチャーシー》

参つたと絶対言はぬ君の眼に死んだ眼《まなこ》と映るかわれは

七十路《ななそぢ》の君は博士号《ドクター》に挑むのか若き日に見し何に憑かれて

死んだ眼を吾はしてるか君の眼は酔ふてますます見ひらくばかり

2017年

冬のコスモス

年明けにコスモス咲くを不思議とも思はず暮らす沖縄三年《みとせ》

野牡丹の甘き実はじめて齧りたり新たな知識またもや一つ

散り敷ける白き花びらエゴノキの春を装ふ山原《ヤンバル》の森

初春の緑の丘に紅《くれなゐ》の慶良間躑躅《ケラマツツジ》の花のさきがけ

街中を流るる川に幼らは裸足のままに貝などを採る

園児らも混じりて小川に遊びたり巣穴のザリガニ手で摑めるか

命の水

人住まぬ村の果《はたて》に鉄条網の囲みしダム湖に立てるさざ波

背を越える砂糖黍《ウージ》畑に迷ひこみ嘉津宇《カツウ》の山かげたよりに進む

奥山の龍の口より滴れる心もとなき命の水は

桜植ゑし戦後の思ひからうじて伝はりゆくかこの歌の碑に

平実檸檬《シークァーサー》の匂ひ求めて谷に降《くだ》るここまで畑《はた》を拓きしものか

年少の友

「遊ぼう」と休みになれば訪ねくる雫《しずく》君十歳この地の友人

日没の海辺に大小影ふたつ漁師になる夢君は語りつ

少年は釣りを勧める吾はまづ本を勧めぬよき友のため

海よりの風を入るれば階下より子を叱りゐる女の声す

沖縄を好きだからこそもどかしいもてなしの拙なさきびしく問ふ君

悪口でも愚痴でもないが沖縄をうれふる君の速射砲浴ぶ

空よりの琉球弧の島それぞれに思ひ抱きて訪ねしところ

沖縄にゐるを忘れて梅雨空の涼しき五月を身にまとひたり

王の島　伊是名

海の上に要塞の山迫りくる王の島なる気のただよひて

波をわけ大型フェリーに近づけり不落といはれし城《グスク》の島へ

ピラミッドは常緑《とこしえみどり》に覆はれて琉球王家ここに眠れる

攻めがたき城はいまだ謎めきて山頂直下に湧きつづく井戸

琉球の神は綿津見《わたつみ》越えきたり金丸《かなまる》まさに神となりけむ

後の尚円王

王となる金丸やはり客人《まれびと》か美丈夫の逸話語り継がれて

金丸は孤島の丘にて指をさす珊瑚の海のかなたの世界を

尚円王銅像

地形より田の水呼びこむ才にたけいつしか琉球全土を治めき

苔むせる亀甲墓《かめかふばか》の続きたりこの島あまたの祖霊栖みゐる

日のあたる前庭に干して並べるかもてなす場とは知らぬ移住者

いつよりか珊瑚の垣にからみたり乾びし棘もつ外来植物

縁側に湯茶ならべたる老いの家来るか来ぬかは気にもとめずに

島山椒の葉より立ちくる異郷の香　料理はすぐれて風土の欠片《かけら》

ガイドする女はやはり大阪生れ次から次へ淀むことなく

歌手デビュー

ソフト帽に黒の革ジャン久びさの君の歌手デビューは本当だつた

会社員と慰問歌手との草鞋はく君の人生まぶしくもある

CDの売れない歌手ですさり気なきそんな挨拶羨ましいよ

それぞれが終着点を探りつつ青春のごとく思ひ語りぬ

体裁を気にする吾の小心を分かつてゐるからいいとしようか

与那国島

電動の自転車についついつい張りきりてすぐ音をあげた長い坂道

梅雨近き与那国の空ひろびろと自転車こぎつつ汗ほとばしる

台湾の高き山々見えざるか親しき友ら住みゐる島の

無視なのか無関心なのか馬の群れ脇ゆくわれらを一顧だにせず

草食める与那国馬のはだかりてそーつとそつとすれ違ひたり

乳飲ます牝馬いささか警戒し仔馬かくして姿撮らせず

これほどに亀甲墓のあるものか海辺に鎮もる「死者の都」は

浦野墓地群

海の辺に亀甲墓の並びゐるニライカナイの楽土を向きて

大き墓の間《あはひ》に小さき石祠この世の格差のままに続くか

墓庭を持たぬ小さき亀甲墓うから集へることも絶えしか

破風墓の上に大和の墓を積むいつの流行《はやり》かこの一画は

歯固めの石

春の日の初宮参りのうららかにいつまで続くか今の平穏

料理屋の御膳の手筈に従ひてお食ひ初めの儀式はすすむ

歯固めの石の袋も用意されぎこちなきまま式につきゆく

孫ら住む二十五階はあのあたりいかなる感性育ちてゆくか

人の住む気配途絶えしわが庭に番《つがひ》の山鳩くぐもりて鳴く

リビングのソファーに散らばる嬰児の着替へ手出しも出来ず階下に逃る

母と娘《こ》は離乳食づくりに大わらは所在なきわれ赤子をあやす

乳飲み子をマットに添ひてあやしつつうたた寝すれば娘の叱声

退職

悔やむことあるはずもなし時々にわれの限りの仕事遂行

沖縄の梅雨空ややに膚寒し終はつてみればこんなものかと

もやもやは相談しろと言ひ来たり言ひ得るものか今に思へば

それぞれの立場と思惑ちがふもの対立妥協に説得いやはや

退職まで十日となりて総会の資料あらたむ来し方などを

梅雨明けの近づく日々の蒸し暑さ三年前も耐へがたかりき

最後の夏

人らみな島草履にて浜に出づ待ちに待ちたる港の花火

日の落ちてまだ蒸し暑き名護の浦汗ぬぐひつつ花火待ちたり

台風の鼓動はるかに聞こえくる打ち寄せる波生ぬるき風

祭り終へ上弦の月の薄明かりまだまだいい事ここにはあるぞ

沖縄の最後の夏を惜しみつつ私を照らす花火の中に

硝煙の臭ひかすかに漂ひて各々帰る灯りなき路

与論島は戦はない

琉球と薩摩の狭間の知恵なのか徹底抗戦せざりしこの島

米軍の迫りし時に住民は白旗あげて島を守りき

この島になぜ闘牛がない人よりも牛の数多い南の島に

スキャンダルはたちまち島を駆けめぐる核より強いこの抑止力

山もない川もない島の珊瑚礁雨に濁らずこの浅黄色

郭《くるわ》にはいづこも鳥居の並びゐる合祀されたる拝所《ウガン》の神も

走馬灯

片降《カタブイ》のあがりてなほも蒸し暑し悔やまれること少なしとせず

日の暮るる丘を下りぬアンリ・ルソーの蛇の顔出す葉群の小道

雷の鳴りし山辺に日も射してアフリカマイマイ次々這ひ出づ

沖縄を離るる荷造りの坦々とわが三年の痕跡を消す

香り高き古酒《クース》並べてそれぞれに思ひ起こせよ沖縄人《ウチナーンチュ》の顔

三年の沖縄暮しの走馬灯回ることなき赤提灯は

獅子さん

獅子《シーサー》さんを戸口に並べて目守《まも》りたり病の魔物《マジムン》もう来ぬやうに

シーサーの四十の爪と四つの眼わが玄関の夜を光りぬ

焼物《ヤチムン》通りの石畳の道に並び立つ店は街ごとアートギャラリー

石畳の路地を伝はる風吹きて残りし夏をどこに持ち去る

壺屋への買物一つに二時間のバスの車窓に海眺めゆく

引越しの間際に歩む那覇の街今日も新たな素顔に出会ふ

亀甲の石垣続くは王府の縁《ゆかり》由来記さず忘れ去らるる

川沿ひにバラックいまだ残りたり那覇全体がバラックだつた

大鉢に米粉も入れて泡立てり抹茶になじまぬ硬き水にて

ぶくぶく茶

月桃の花

沖縄戦を抉《えぐ》りだしたる「月桃《ゲットウ》の花」この地に住まふことは切ない

沖縄戦に涙する客は同世代辺野古《ヘノコ》につどふ人らと重なる

沖縄をいよいよ去らむ海風《ウミカジ》の丘にF35のかすめゆく朝

滑走路のあくまで白く寂しけれ去りゆくことは捨てゆくことは

迷ひなく孫の地に発つ妻の顔潮時なのかと思ふたまゆら

百花繚乱1

「咲誇る文化《はな》」と琉歌に詠はれぬ人居るところは百花繚乱
桃色の徳利木綿《トックリキワタ》の花が咲きかうして冬の桜につなぐ
緋寒桜の咲きそろはずともお祭りの屋台並びて春の到来

うりずんの山にやうやく見つけたり青く澄みゐる自生の野牡丹

林道に斉墩果《エゴノキ》の花散りしけりわが留守宅を恋ふるたまゆら

平実檸檬《シークァーサー》の花の香りの愛《いと》しけれ山原《ヤンバル》暮しは忘れがたしも

沖縄の暑さに負けぬ三段花《サンダンカ》小花ひしめく紅きかたまり

「島唄」に梯梧《ディゴ》の花をBOOMが歌ひ名護の港の夜はたけなは

百花繚乱2

梅雨の間の鳳凰木の朱き花いま飛びたたむ「鳳之冠」「凰之羽」

山霞み山の緑の潤むころ点描白き伊集《イジュ》の花咲く

山原のカルストの山の濃き緑土の下には鉄砲百合ねむる

取りえなき照葉筏葛《ブーゲンビレア》の三百株嫁入り先を探すも仕事

島言葉に梔子《クチナシ》の花は風車《カジマヤー》白き香りの風を送らむ

月待ちて母君つくりし月桃《ゲットウ》の葉に包まるる粽食みたり

小さき葉のさわさわ揺るる答満林度《タマリンド》その酸い味の蘇へる夏

恐竜の潜める音か日影桫欏《ヒカゲヘゴ》の連なるなだりに何やら動く

百花繚乱3

道端に藪のごとくに群れ立ちて撓《たわわ》に生りたる実芭蕉《バナナ》の房実

珊瑚礁の阿檀《アダン》の繁みに男らはヤシガニ獲らむと棘かきわける

豆柿は山原の空一面にスーラのごとく散りばめる朱

野や山に金蓮花《ナスタチウム》の朱《あけ》の花不自然にして当り前となる

日の落ちし福木《フクギ》並木の足元に明かりともりて吾をみちびく

榕樹《ガジュマル》に妖怪《キジムナー》宿りてささやきぬいつでもお前を護つてやるよ

あとがき

『琉球弧』は私にとって『編笠茸』に次ぐ第二歌集である。二〇一四年から二〇一七年までの間に「新アララギ」や「林泉」に掲載された作品及び、「現代短歌新聞」「うた新聞」などに載せた作品の中から五七三首を収めた。ほとんどは題名の通り沖縄での生活を詠ったものである。

青天の霹靂のような形で沖縄での仕事の誘いがあり、思い切って妻ともども居を移したのは二〇一四年の六月であった。実は沖縄には多少の縁がある。竹中工務店に入社早々、始めて担当したのが沖縄海洋博覧会の仕事であった。博覧会場の跡地が「美ら海水族館」などのある海洋博記念公園であり、四〇年をへて舞い込んだ仕事はこの公園の管理に関するものだった。不思議な縁を感じざるを得ない。

沖縄の生活は思い描いたような南国の楽園ではなかった。移住して間もなく引越しの疲れと暑さと寝不足が重なって意識を失い、救急車の世話になった。これが引き金となり任期中三回も入院することになったのである。また、請われて入社したはずにも拘らず、私に引き継ぐ当時の社長の反発は強く、引き継ぐまでの一年間無視され嫌味を言われ続けた。

そうした負の一面にもかかわらず沖縄生活の三年三ヵ月は魅力に満ちたものだった。まず自然がすばらしかった。私が住んだのは山原《ヤンバル》といわれる本島北部の中心の街名護市であったが、家から五分で珊瑚礁の白い砂浜に出ることができた。浅黄色の海と真っ赤な夕日が見事であり、仕事が終ると毎日のように散策し、走り、瞑想した。周囲は常緑の山々に囲まれ街中や公園には亜熱帯の花が四季さまざまに咲いていた。

沖縄独特の祭りや風習にも目を瞠らされた。一月の緋寒桜の花見に始まり、清明《シーミー》、鬼餅《ムーチー》、豊年祭り、ハーリー競漕、エイサー、大綱引き、ツールド沖縄、闘山羊、闘牛、月見会、トゥラバーマ等々次から次へと続き、それが沖縄の人々の日常でもあった。つまり私にとって沖縄は常に非日常なのであった。沖縄人《ウチナーンチュ》は概して大らかであり人情に厚い。この地に多くの友人が出来たのは幸いであった。

多くの離島を訪ねることも出来た。与論島（奄美）、伊是名島、伊江島、久米島、渡名喜島、座間味島、宮古島、石垣島、竹富島、西表島、与那国島などである。これらの島々は本島とともにまさに「琉球弧」をなし、本歌集の題名となっている。

沖縄に住み、沖縄の各地を訪ね、沖縄の現実と向き合い、仕事をし、多くの人と知り合い、家族ともども悩み、また喜びを味わい、そして歌にした。そうした個々の断片から私の沖縄での思いを少しでも読み取って頂ければ幸いである。

出版にあたっては新アララギ代表の雁部貞夫先生にご校閲をいただき深謝申し上げます。また砂子屋書房の田村雅之社長に大変お世話になり、厚く御礼申し上げます。

二〇一九年十二月十日

今野英山

著者略歴

今野英山（こんの　えいざん）

昭和二三年　宮城県黒川郡大和町に生まれる
千葉大学園芸学部造園学科卒業
竹中工務店、都市緑化コンサルタント「モリーユ」代表
沖縄熱帯植物管理㈱社長など
平成一八年　新アララギ入会、平成二三年　林泉入会
平成二六年　第一歌集『編笠茸』
平成二七年「小さき守宮」で近藤芳美賞　奨励賞
現在　新アララギ編集委員、林泉選者・運営委員、
手賀沼アララギ短歌会代表

歌集　琉球弧

二〇一九年二月一五日初版発行

著　者　今野英山
千葉県柏市緑ヶ丘一五―一三（〒二七七―〇〇八二）

発行者　田村雅之

発行所　砂子屋書房
東京都千代田区内神田三―四―七（〒一〇一―〇〇四七）
電話　〇三―三二五六―四七〇八　振替　〇〇一三〇―二―九七六三一
URL　http://www.sunagoya.com

組　版　はあどわあく

印　刷　長野印刷商工株式会社

製　本　渋谷文泉閣